目次

淼？
雨璇妳看，這是你們耶！你們在這裡做什麼？
獨家消息，一名淡江高中女學生在麥當勞進行恐怖活動，不但在店內搗亂，更放置炸彈引爆！
高中女生炸毀麥當勞
台灣知名水墨漫畫家轉行當AV
高雄 29~33
21:00
所幸在場民眾只有輕傷，目前警方正持續偵辦中！而網友也揚言要肉搜這名女高中生！
布布怎麼辦！
抱緊~
這樣下去真的完蛋了啦！
……
放開我！淼~

第七回 螳螂捕蟬

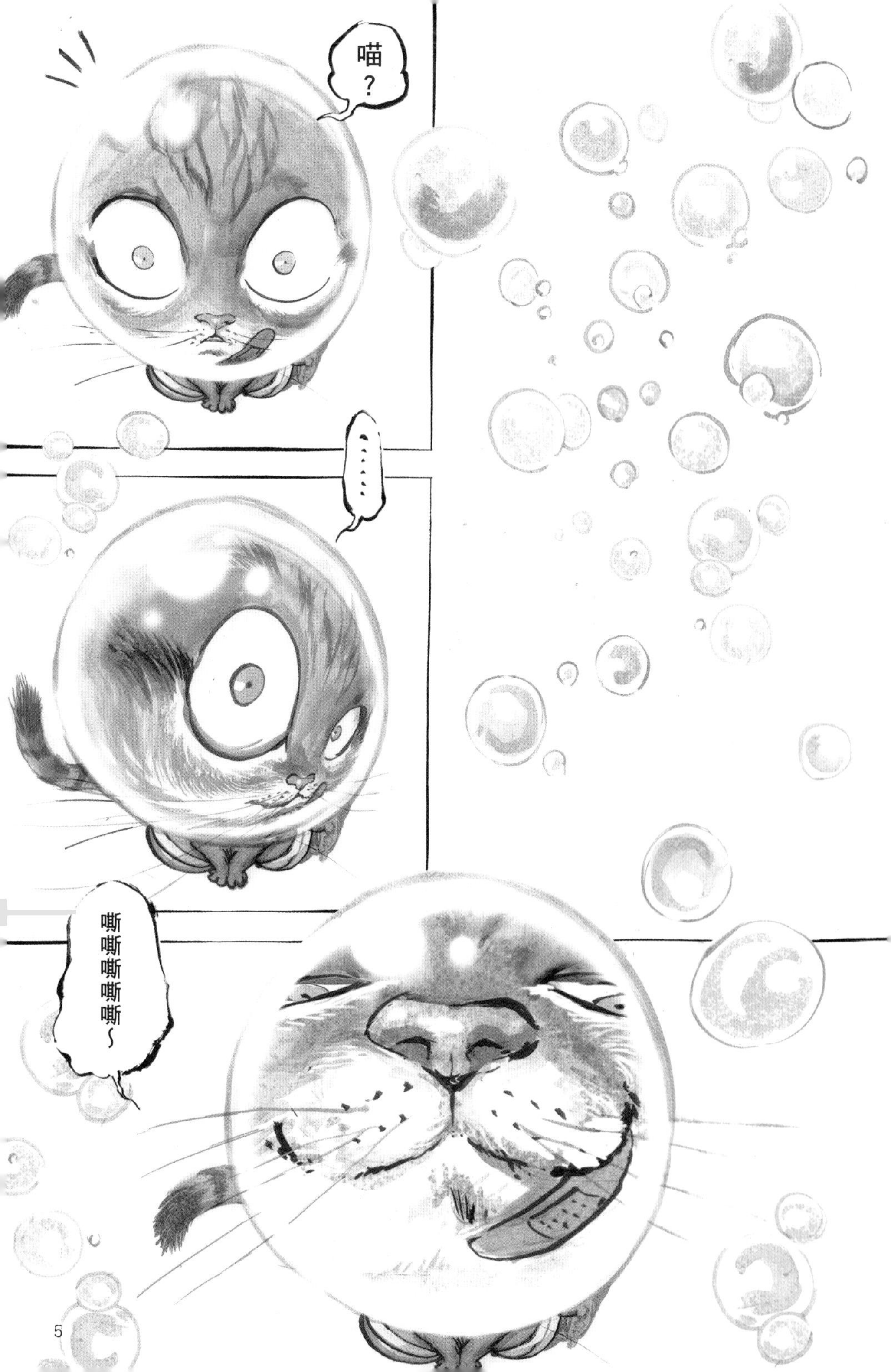
喵?
……
嘶嘶嘶嘶嘶~

你們不要鬧了，讓我好好洗碗好嗎！
哇哈哈哈哈哈！好多好多泡泡～
淼～
嘿嘿！

哇哈哈哈哈！
呃……

3 4 5 6 7 8 9 10 11
啦啦啦啦~
雨璇，妳在家嗎？
阿姨烤了新口味的餅乾喔！

餅乾！我想吃餅乾！
是阿姨？來了來了！
啪

雨……唔！
有妖氣！
颯

哈哈哈哈！
嚇到了吧！
看我踩扁你們！
嘿嘿嘿嘿～
飄～

刺

颯

抓住他！
嘿嘿嘿～
哇啊啊啊！

啊噠——!!
哇啊啊!
拜拜~
!?

阿災勒～
雨璇呢？

去死吧！臭妖怪！
什？

喔喔喔喔……
停住……
……!
嗟嗟嗟嗟~
哇啊啊啊!
嗒嗒嗒

她就是天界公主的分身啊……
好餓~我可以吃她嗎？只要一隻小腿就夠……
別鬧了~她是我的，你們別想跟我搶！

唉呀呀～
等一下嘛，
唉呀呀呀～
呀……既然我們有七個人不如就把她分成七等分？
喂！不是說好分七等分？不然只好……
是我先看到的！
等等，是我先抓到的！
……
吁
吁
吁

嘿嘿嘿嘿……
剪刀、石頭……

布！
喵～
喂！不是說好一起出布的嗎？

吼啊啊啊啊啊！

呀
小神靈？
喝呀啊啊啊！
看我的泡泡彈！

放我出去！
哇啊啊！
嘿哈嘿～
嘿嘿～
嗚!?

哇啊啊——
……！
快！抓住他們！

這是……我們在泡泡裡？
好、好高……
轟
哇啊啊啊！那是……!?

哇啊啊啊！

颯——

哇啊啊啊——!
大……大恐龍!?

抓緊嘍～
什麼？
嗯……
ㄠ嘿呀～

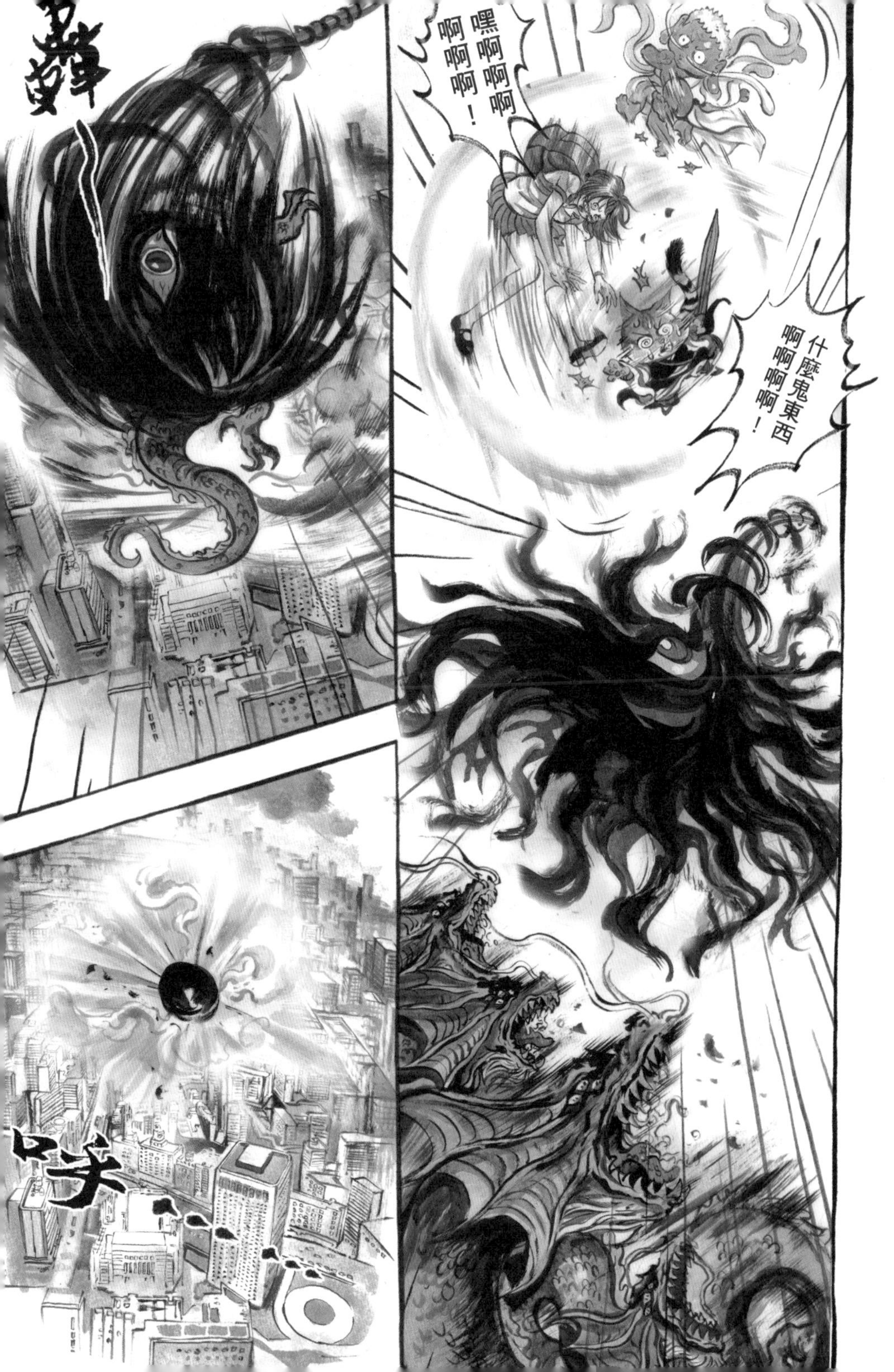
嘿啊啊啊啊啊啊！
什麼鬼東西啊啊啊啊！

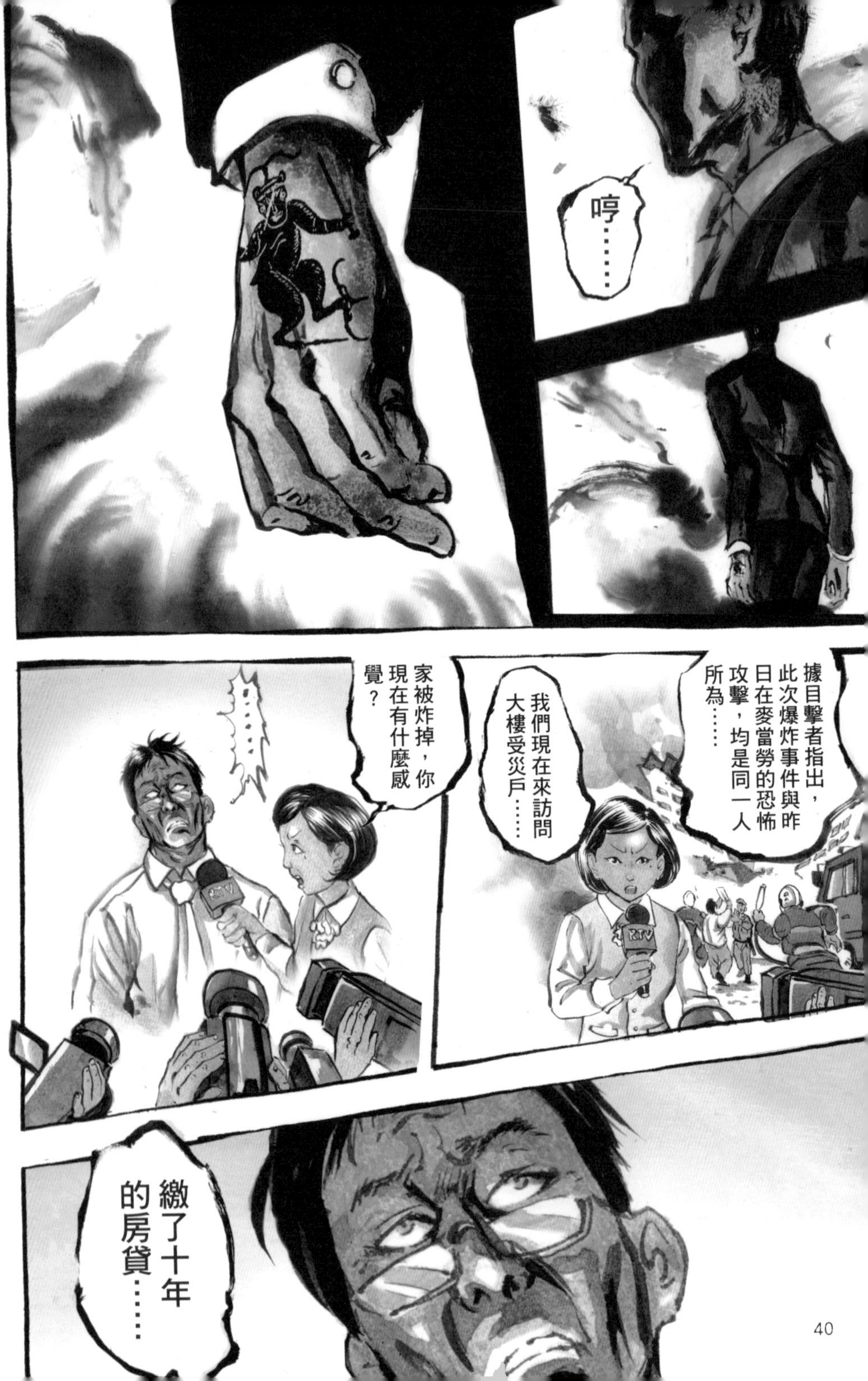
哼……
據目擊者指出，此次爆炸事件與昨日在麥當勞的恐怖攻擊，均是同一人所為……
我們現在來訪問大樓受災戶……
家被炸掉，你現在有什麼感覺？
……
繳了十年的房貸……

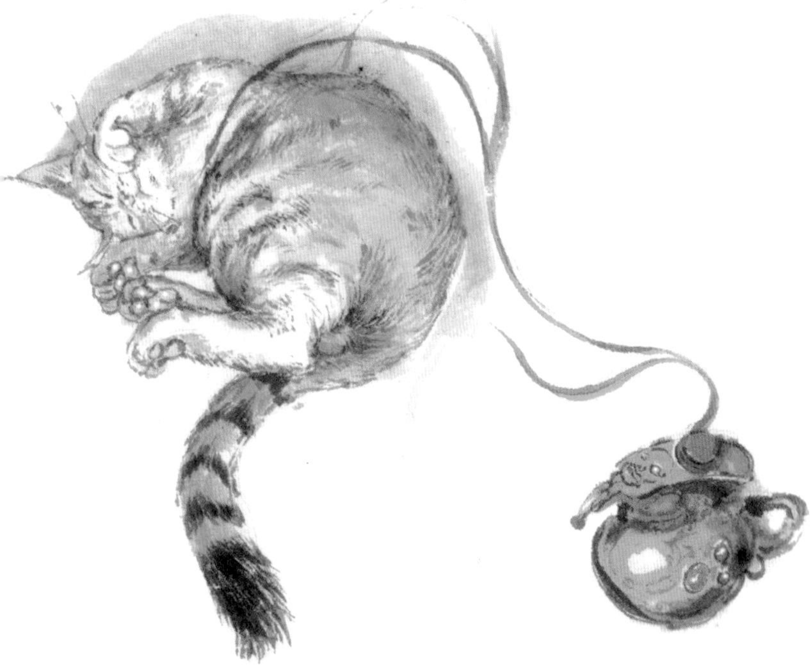

剪刀、石頭、布！

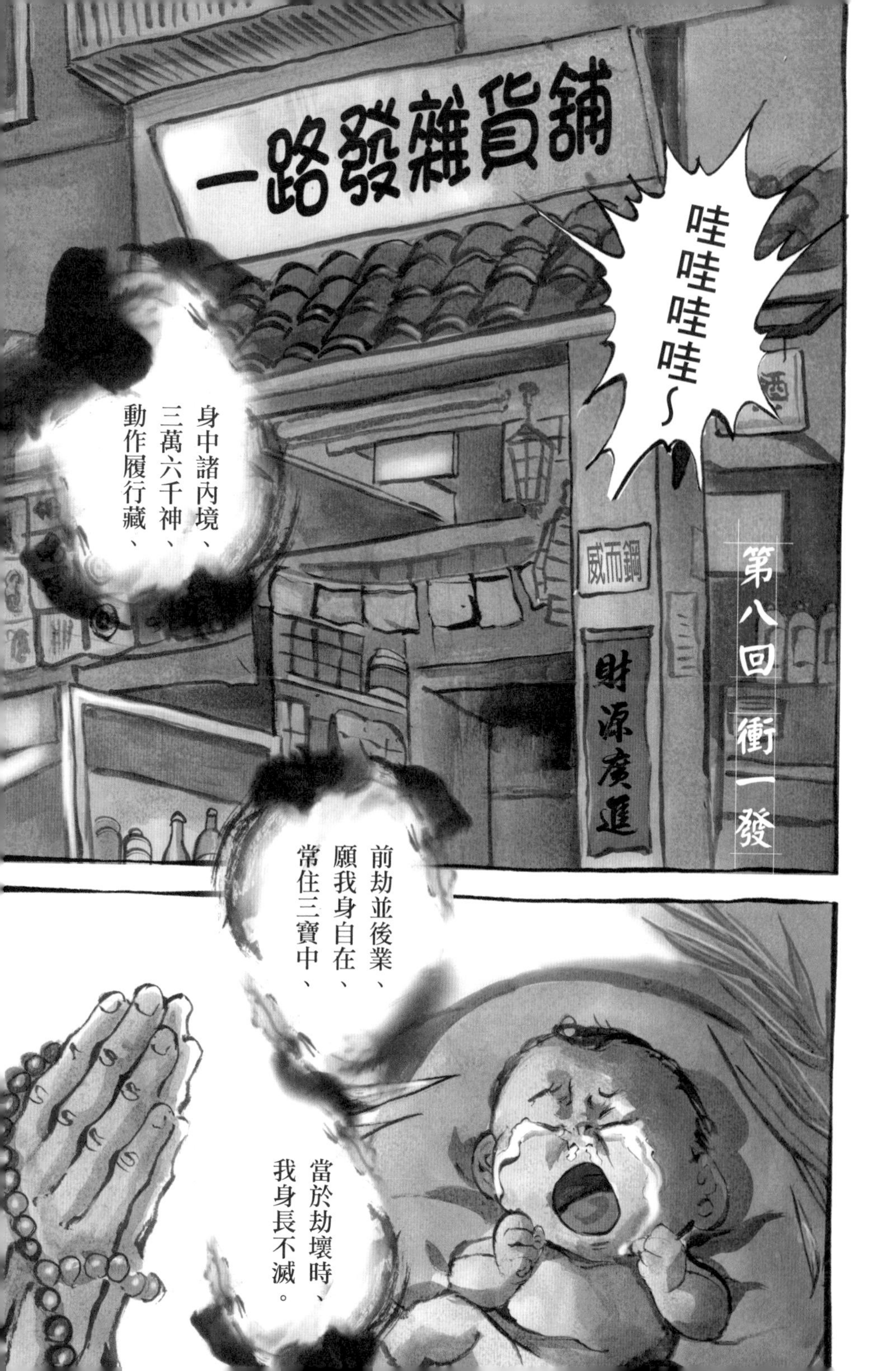
一路發雜貨鋪
哇哇哇哇~
第八回 衝一發
身中諸內境、三萬六千神、動作履行藏、
威而鋼
財源廣進
前劫並後業、願我身自在、常住三寶中、
當於劫壞時、我身長不滅。

一發。
衝一發！
我在叫你衝一發！法器給我拿好！
發

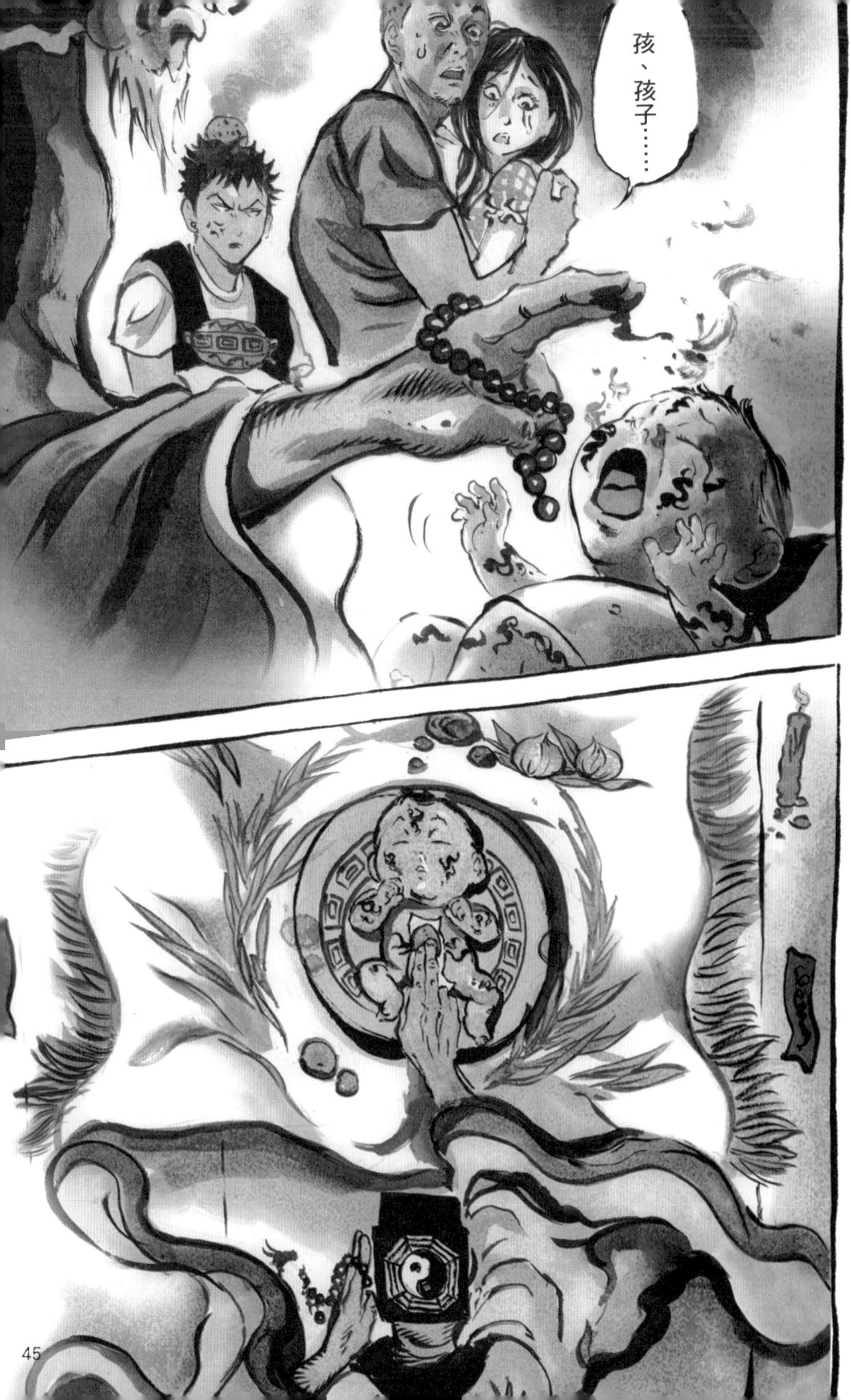
孩、孩子……

不用再擔心了，你的孩子將受天上佛祖神明保佑，
不會再有孤魂野鬼找他麻煩。
真是太感謝您了師父！
師父，這是我們的一點心意請您收下。
不……我是不收錢的，這是我的原則，只要之後常來光顧我們雜貨舖就好！
是嗎……那還真不好意思，一定會再來的！
沒想到這麼厲害的老師父竟然是雜貨店老闆！
對啊！要不是我媽介紹根本不會知道這個地方……

媽媽說師父是很久以前從中國那邊來的靈乩，能夠與鬼神溝通呢。
能遇到師父真是太好了！不然我還真不知道怎麼辦才好……
只要他能健健康康的長大就好……
這樣夠嗎!?

哇啊啊！
shit!
你是剛剛的……
嘿哈哈
人的一生在不同的階段，會遭遇無數的考驗……
就算能平安長大，那孩子仍須面對所有人都將歷經的痛苦，譬如……

學業壓力——
萬般皆下品，唯有讀書高！
想當年也是～
失戀——
沒車沒房不考慮！
對不起，我喜歡籃球社的曉填……
想追我再等一百年吧～
我懂～
喂！
失業——
本公司不缺～
大學畢業，無工作經驗！
你還是請回吧！
這是哪家公司？動作那麼可愛～

如果您希望孩子將來能夠婚姻美滿、飛黃騰達，成為人生勝利組！
絕對不能錯過由我們師父所開光祈福過的各項寶物!!
一路發招財金獅
從中國偷渡來臺的清朝古物，將此物放在住家西南方，不但能防止小人還能招財進寶！
老闆跳樓價6991元
鳳凰羽毛
傳說神獸鳳凰的羽毛，能讓持有之人頭腦清晰、聰明伶俐，考試考一百分，老師、長官、老闆對您愛不釋手！
友情價95681元(乙支)
天然紫水晶球
由一路發雜貨舖師父親自體驗，證實可有效提升愛情、婚姻美滿，讓您天天春風得意！
現時特價25999元
三合一開光碧玉神像
由師父的師父的師父的師父傳承下來之神像，買了之後能讓您運氣、愛情、事業完美無缺！
老闆不在價75960元
衝一發！

你又把家裡的法器拿出來賣！
臭老頭！反正不賣掉還不是堆在家沾灰塵！
你說什麼！你這樣對神明可是大不敬……
什麼神明……
世上哪有什麼神明！如果神明那麼厲害，為什麼不來幫助我？

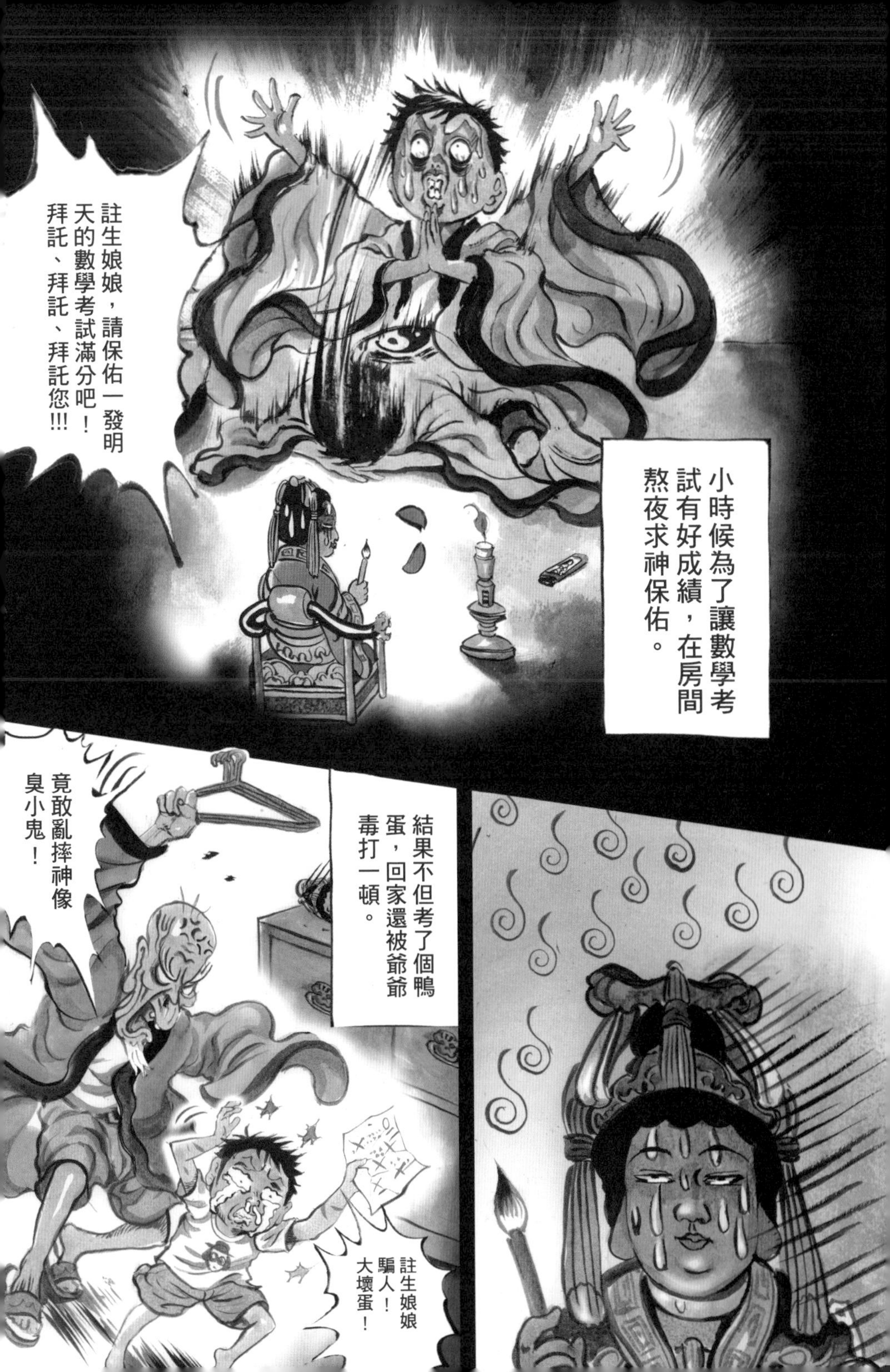
小時候為了讓數學考試有好成績，在房間熬夜求神保佑。
註生娘娘，請保佑一發明天的數學考試滿分吧！拜託、拜託、拜託、拜託您!!!
結果不但考了個鴨蛋，回家還被爺爺毒打一頓。
竟敢亂摔神像臭小鬼！
註生娘娘騙人！大壞蛋！

我打你是因為你亂摔神像……
求考運應該要拜文昌帝君！
噗～
我還沒說完！
衝一發 17歲
這次不會錯的！
月老
十七歲時，我求神明幫我把到全校最正的妹，
結果校花沒追到，卻來了一堆恐龍……
哇啊啊啊——怎麼和說好的不一樣！

你說我到底做錯了什麼！我明明就照你說的求神拜佛了啊!!
自己不努力老是把問題推給神明！
不然我們求神要幹嘛!?

嗚嗚嗚~
你這是什麼態度！
你將來可是要繼承我們一路發雜貨鋪的人!!
誰要繼承這間破店！臭老頭!!
不經營家業你還可以幹嘛？都這年紀了也沒看你去找工作！你這個啃老族！
少囉嗦！
呃~
不好意思，我們先走了……

……請保佑我那不成材的孫子長進一點，將來能夠繼承家業，重振家族當年威望。

神像都……為什麼？
這、這是……

衝一發!!
哇啊啊啊
啊嗯啊~
臭老頭你怎麼不敲門！
哇啊！好大……不！我什麼都沒看到!!

臭老頭我可是身心健全的青春男兒！
也是需要屬於自己的小小天地好嗎？
難道你年輕時都沒有自己的Happy time嗎？

……
臭老頭！你想打架嗎？
找到了！

先祖所傳，道教最古老的秘笈——《緜仙術》
我們衝家乃是中國最古老的道教派系——「緜仙道」的繼承者。
我從來沒有和你說過……一發……

道教自古以來便是人和神溝通的橋樑，幫助人們處理無法解釋的超自然現象。

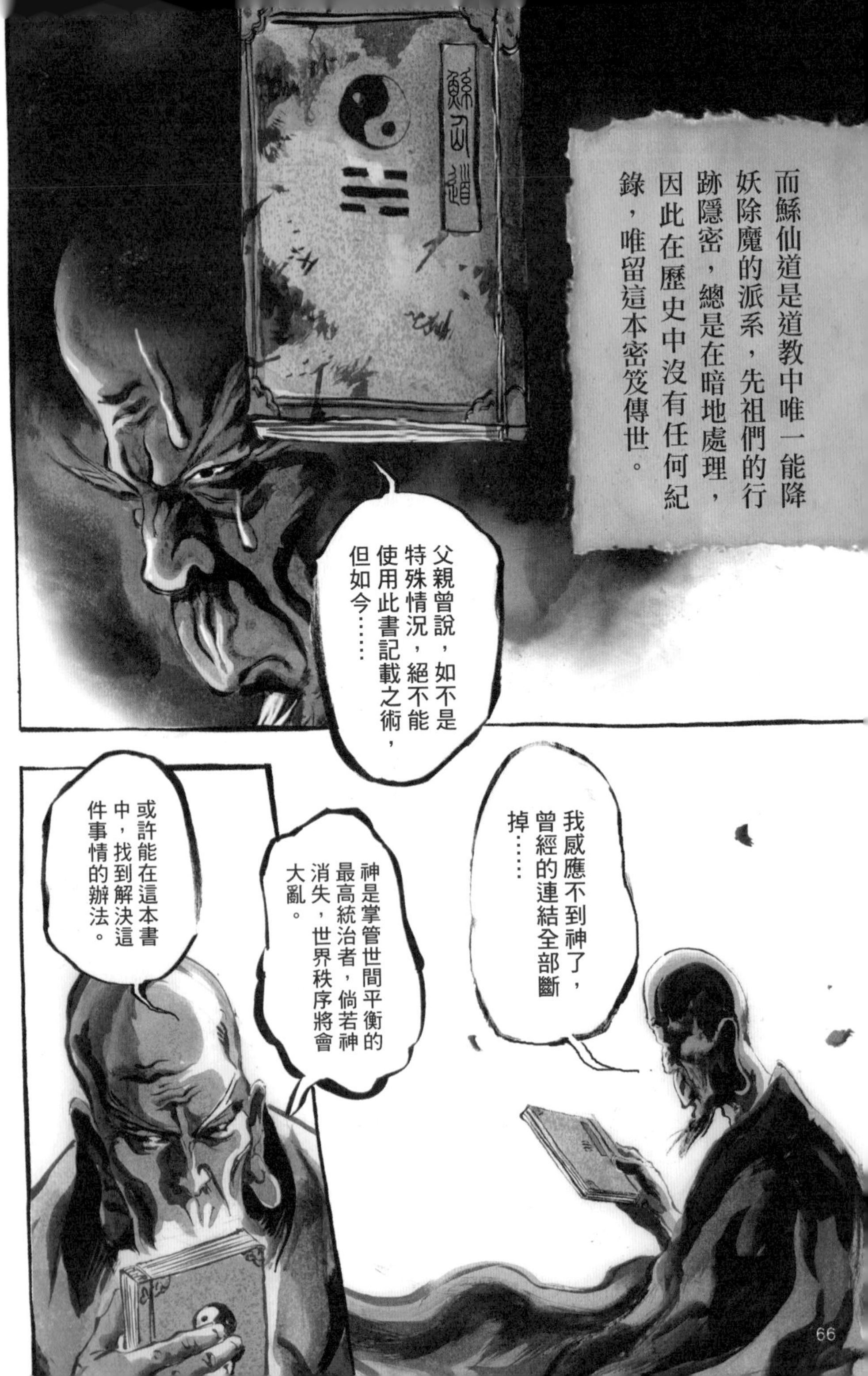
而穌仙道是道教中唯一能降妖除魔的派系，先祖們的行跡隱密，總是在暗地處理，因此在歷史中沒有任何紀錄，唯留這本密笈傳世。
父親曾說，如不是特殊情況，絕不能使用此書記載之術，但如今……
我感應不到神了，曾經的連結全部斷掉……
神是掌管世間平衡的最高統治者，倘若神消失，世界秩序將會大亂。
或許能在這本書中，找到解決這件事情的辦法。

妖怪？
超自然現象？
哇哈哈哈哈哈——！
是拜神拜到頭殼壞了嗎？
不跟你玩了，我有事先走嚕～
等等。
你是「穌仙道」的後裔，也是我們衝家的繼承人，更有可能是本作的第二男主角（？）。
所以……

赤腳衝過去！全人類的命運都掌握在你的手上了衝一發!!
這怎麼可能？臭老頭，你不要太過分！
「過火」淨化身體穢氣來達到去除厄運的儀式。
快點！已經開始計時了！
你以為這是在跑馬拉松嘛？
可惡!!

哇啊——！
燙燙燙燙燙!!
喔喔喔喔喔喔！這蠢材還不錯嘛！
「釘床」道教鍛鍊肉體，強壯身心靈的練功方式。

還好我有買假屁股……
真的嗎？
年輕人你穿很好看唷！現在女生都喜歡屁股翹的男生！
假屁股
特價
「過刀橋」道教消災解厄之儀式。
過關！
Coach

淨完身就有占卜的資格了，接下來只要……
虛脫～
無力～
可惡！臭老頭你要對我幹嘛!?
為達最佳效果須將衣服脫光並蒙上眼睛，書上寫的。
將占卜者的眼睛蒙上，衣服脫光，左轉七十圈、右轉七十圈，讓占卜者找出已念過符咒的紙，並在上面畫出圖案。
兔崽子～
在這邊～
廢材，來抓我啊～

……將此符咒帶著，它會帶你找到解答之人。
畫了什麼？

竟然要我去找這個……
到底是什麼東西？
可惡的臭老頭～
……

衝一發～

第九回　布布愛斗笠
這樣應該比較不會被認出來吧……
爸爸是不是在找我呢……

買飲料買飲料～
今天也太熱了吧！打沒幾場就不行了……
說到這個，你有沒有看到之前網路上，有人把自己關在超商冰箱？
真的假的？有人那麼無聊？哇哈哈～冰櫃好涼～～
哈哈哈！對啊，不知道是誰會做這種蠢……

我就說這樣很涼吧！
淼～
事。

對不起——！
你們兩個不可以再搗蛋了，到底知不知道現在是什麼情況！
都是他的主意！
我們現在可是被追殺耶！
不可以把事情都推給別人，布布壞壞！

壞壞？
就是不乖的意思！
而且我跟你說過，在外面不可以說話！貓咪在外面只能喵喵叫！
啪
布布壞壞！哈哈哈！

你也一樣！
你們這樣還沒被妖怪發現，就先被警察抓走了！
我們現在可是爆炸案嫌疑犯！
好強……
如果被抓了要說什麼？都是妖怪幹的嗎？這樣只會被送進精神病院！
喔？
淼……
媽媽這個冰淇淋好好吃！

冰淇淋……
喂！你要去哪裡？不要跑～你不是要帶我們去找神靈？
大白菜特價唷！
我要那頂帽子，請問多少錢？
拍拍～
喵？

這樣夠嗎？
哇啊啊啊
有妖怪啊！
誰是妖怪？
真是沒禮貌……
？
難道不收
現金？
那頂帽子不能
賣嗎？
對了，
貓咪不會說話！
……

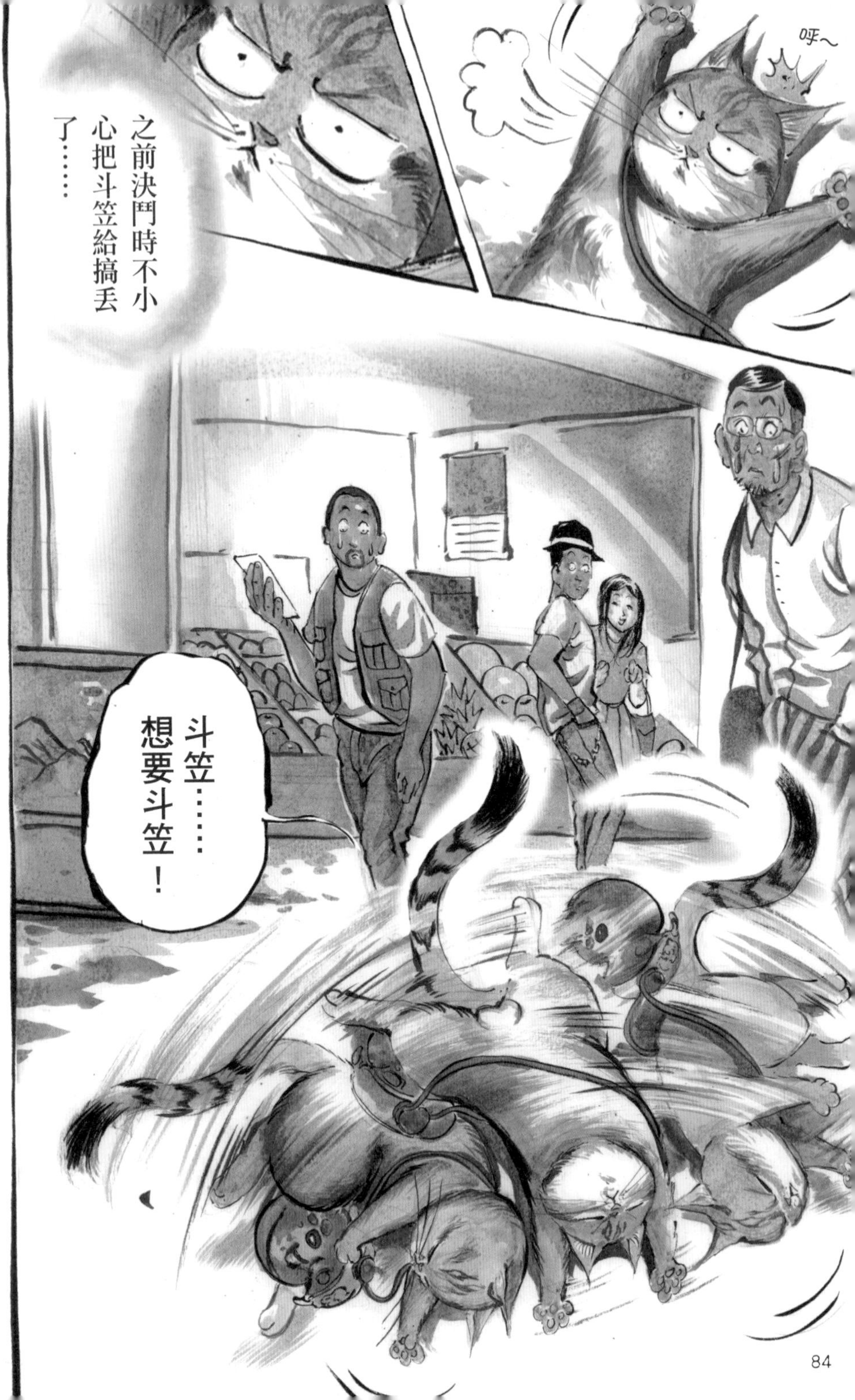

呼～
之前決鬥時不小心把斗笠給搞丟了……
斗笠……想要斗笠！

谷帽子
暢貨
批發
跳樓大拍賣
老闆瘋了！
全商品1折起
喵？

淼～
小寶，回家了！
弟弟你也來買帽子啊，需要什麼樣的款式？
今天正好老闆盲腸炎住院，帽子都特價一元起……

嘶嘶……
嘶嘶……

※我想買斗笠

哇啊啊啊啊～～妳們快過來看！好可愛的小貓咪！他剛剛在對我比愛心耶！他愛我！
喵喵喵～乖乖給姐姐抱抱！
來看阿姨這邊！咕嚕咕嚕～

牠真的好乖唷～不怕人耶！
喀擦！
喀擦！
淼……
可惡！

耶？
那是……
爆炸案的嫌疑犯！
抓住他！
哇啊啊！
救命啊——！

嗟嗟嗟嗟……
嗟嗟嗟嗟嗟嗟……

嗟嗟嗟嗟……
吹彈可破的肌膚，
迷人的味道……
嗟嗟嗟嗟……
就是這個、
就是這個！

哇哇！可愛的小褲褲看得一清二楚～這果然是神明賦予我的力量！
警察，有民眾舉報你行跡可疑！請出示身分證明文件！

磨墨中。

哇啊啊啊啊！
這、這是……
第十回 常義
這女的我就收下了！
嗟嗟嗟嗟嗟～～～

布布……
到底跑到哪裡去了嘛……
老是這樣亂跑，如果我被抓到怎麼辦？

雨璇別哭。

哇哇哇～
女人、學生妹……
更多、還要更多！
……

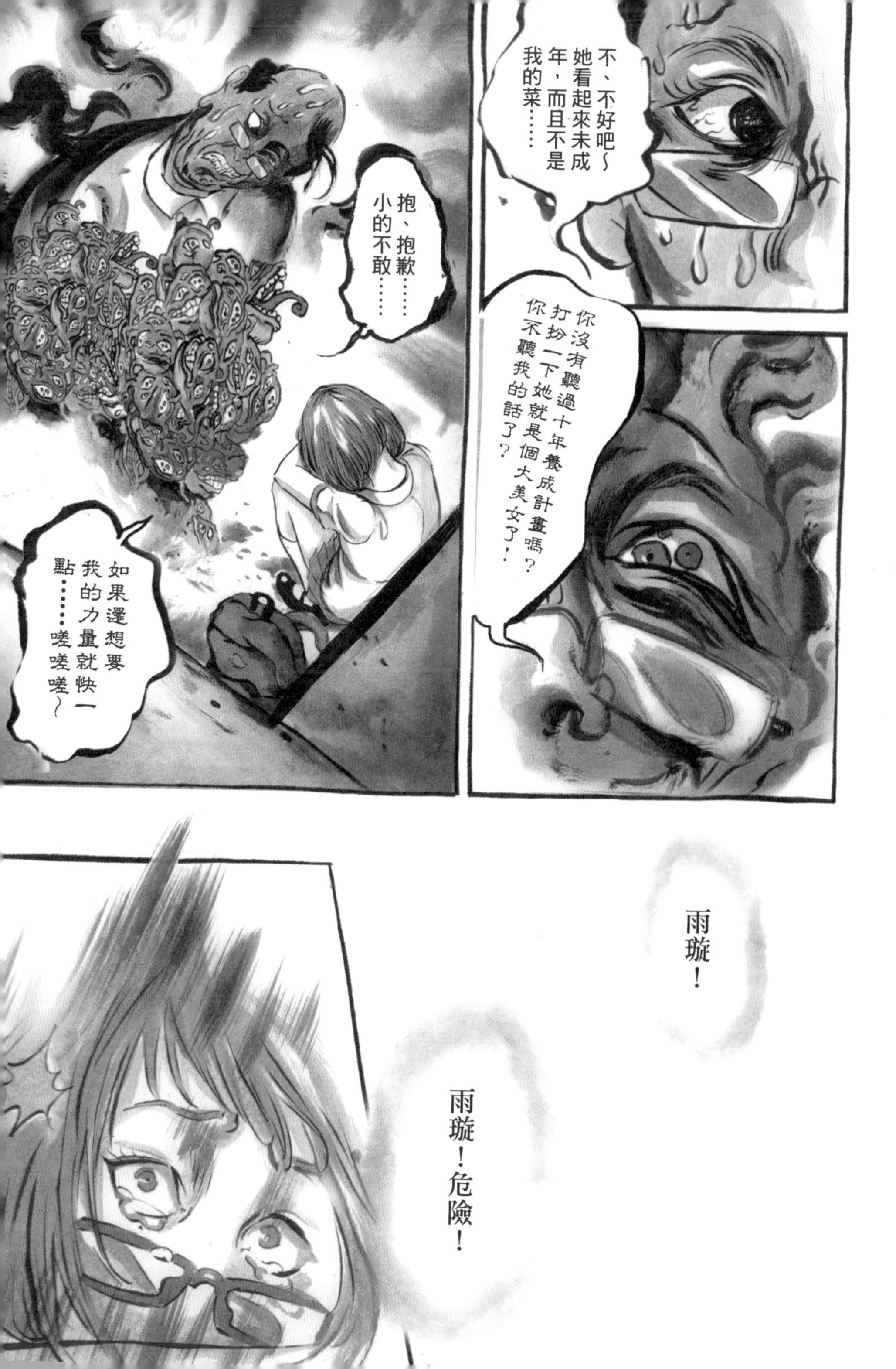
不、不好吧~她看起來未成年，而且不是我的菜……
你沒有聽過十年養成計畫嗎？打扮一下她就是個大美女了！你不聽我的話了？？
抱、抱歉……小的不敢……
如果還想要我的力量就快一點……嗟嗟嗟~
雨璇！
雨璇！危險！

閃開!!
哇啊啊啊啊啊啊!

Shit!
練了三個月了技術還是那麼差……
這是蝦咪？
青蛙!?也太噁了！
喂，這是妳的包包嗎？

哇啊啊！妳、妳是……電視上的逃犯！
不！不要殺我!!救命啊～～警察～～～！
求求你……不要報警……
不要!!

喂！等等不要哭啦……唉！
嗚……
嗚嗚……
妳還是高中生吧！為什麼會做那種事情？
不是的……那是……

你一定不相信吧……妖怪什麼的……我一開始也是……
我相信妳。
哈哈哈……我們家正好是道教世家，一直以來都幫別人處理一些怪力亂神什麼的……
真的嗎？
對了！不然去拜託我爺爺！他是很厲害的靈占！
常常跟神溝通，搞不好能幫上忙！
不好啦！你不需要幫我，而且我……

別擔心，這件事包在我身上！妳也想把事情搞清楚吧！
謝……謝謝你！
我到底在幹嘛……
不用那麼見外啦！哈哈哈！幫助人本來就是應該的！
對了！妳叫什麼名字？我叫衝一發！哈哈～很好笑的名字吧？
哪來的臭小鬼!?

哇啊啊！
小心!!
喂喂喂！這是什麼東西？這不是在做夢吧！

嗟嗟嗟嗟~
發現爆炸案嫌疑犯，挾持一名人質！
冷靜！
我們不會傷害妳的！

女人……
吃掉……
更多力量！
哇啊啊啊！

衝一發……
!!
昏倒～

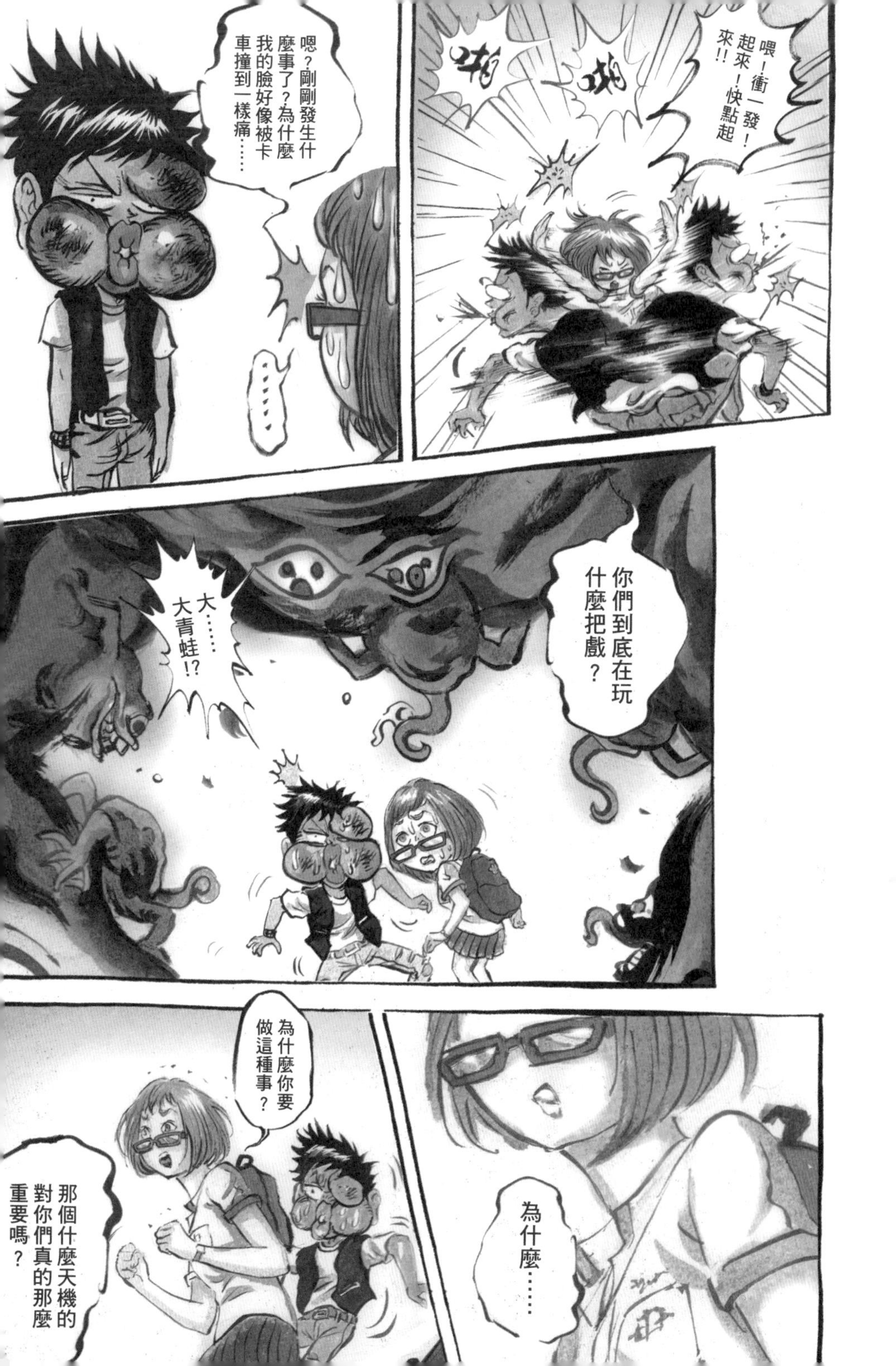
喂！衝一發！起來！快點起來!!
嗯？剛剛發生什麼事了？為什麼我的臉好像被卡車撞到一樣痛……
……
你們到底在玩什麼把戲？
大……大青蛙!?
為什麼……
為什麼你要做這種事？
那個什麼天機的對你們真的那麼重要嗎？

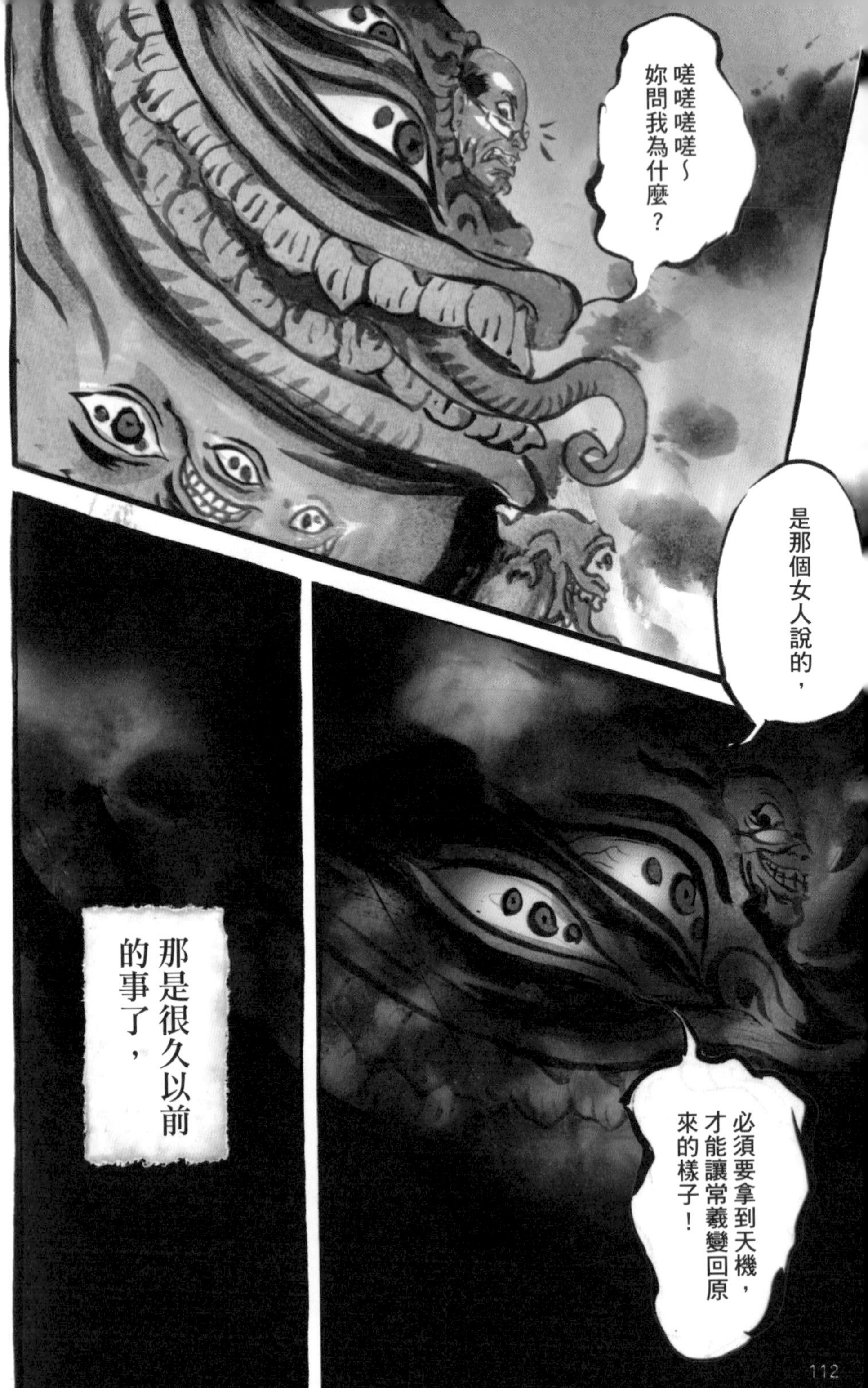
嗟嗟嗟嗟～妳問我為什麼？
是那個女人說的，
必須要拿到天機，才能讓常羲變回原來的樣子！
那是很久以前的事了，

曾經有一位非常美麗的公主，名叫常羲，她與神族的天帝——帝俊墜入愛河。
然而神與人類的戀情是不被予許的，即使如此他們仍不顧反對，毅然決然的相愛著。

但是幸福的日子並沒有持續太久，常羲發現帝俊愛上了神族的仙女羲和。
神族與人類畢竟是不同世界的人，也許正因為自己是人類，帝俊才無法真正的愛著自己吧……悲傷的常羲這麼想著。

為了讓自己也變成神，常羲偷偷吃了帝俊的仙丹，卻不知道這一切都是仙女羲和的陰謀……常羲吃的其實並不是仙丹，而是會變成妖怪的毒藥。
變成妖怪的常羲被羲和與眾神囚禁在月亮之中，永世看不到太陽。

在那裡，我們與常義邂逅。我們是一群沒有名字，忘記自己是誰的妖怪……
躲在月亮中，暗無天日的日子，只有常義照顧著我們。
然而身體之中的毒藥卻逐漸地腐蝕著常義瘦弱的身體，我們只能看著她受苦，卻什麼也不能做……

真到那個女人出現，她將力量借給我們並且告訴我們解救常義的方法。

我跟你們走的話，真的能讓常義恢復嗎？
喂！妳說什麼？
如果這是真的……我跟你們走！
但是你必須放了其他無辜的人！

嗟嗟嗟嗟……了不起，即使自己身處危險仍為旁人著想……。
常羲一定也會感激妳的……

為什麼……這個女孩……
明明自己那麼危險，卻還
擔心著別人……
等一下！這個女孩
由我保護！
男子漢大丈夫
要殺要剁我都
奉陪!!

雨璇！就算全世界只剩我一個人，我也不會離開妳的。
衝一發……
雨璇……這樣不好吧……我們才剛認識不久……

這樣進展會不會太快了……
唔……還是逃跑吧！妹再找就有了！雖然我已經單身二十三年了……
不要怕！我們馬上救你出去！
這些人是怎麼回事？他們看不到妖怪我卻看得到……？
而且我的臉怎麼腫得跟豬頭一樣，是剛剛被妖怪打的嗎？

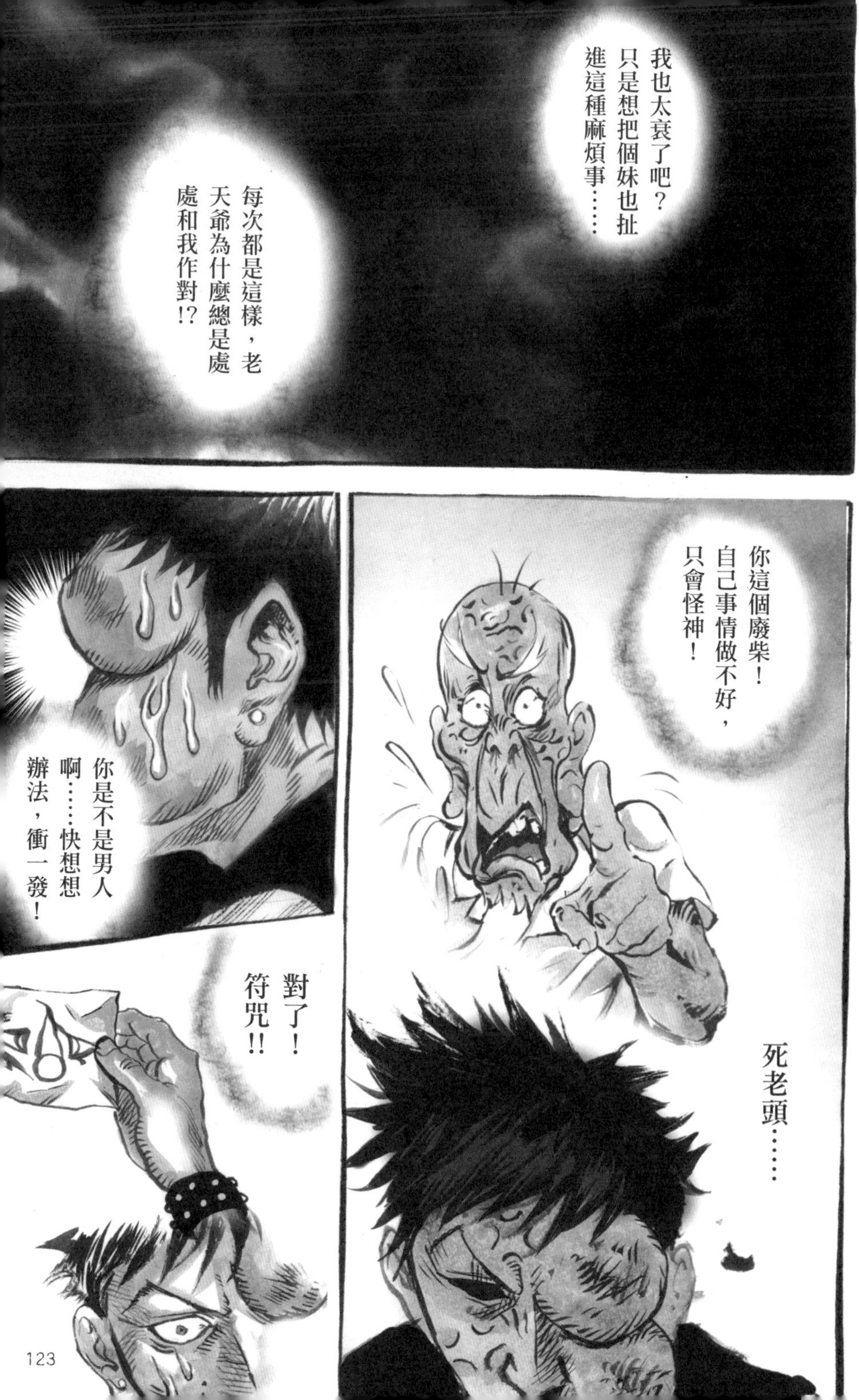
我也太衰了吧？只是想把個妹也扯進這種麻煩事……
每次都是這樣，老天爺為什麼總是處處和我作對!?
你這個廢柴！自己事情做不好，只會怪神！
你是不是男人啊……快想想辦法，衝一發！
死老頭……
對了！符咒!!

般若波羅蜜、阿彌陀佛、主耶穌啊……請賜予我力量吧！

嗟嗟嗟嗟……
這隻弱雞也想
英雄救美嗎？
雖然男人的味道不大好，
但你的慾望能讓我更強大，
就跟這傢伙一樣……
嗟嗟嗟嗟……
已經開始同化
了嗎？

抓住那隻貓咪！

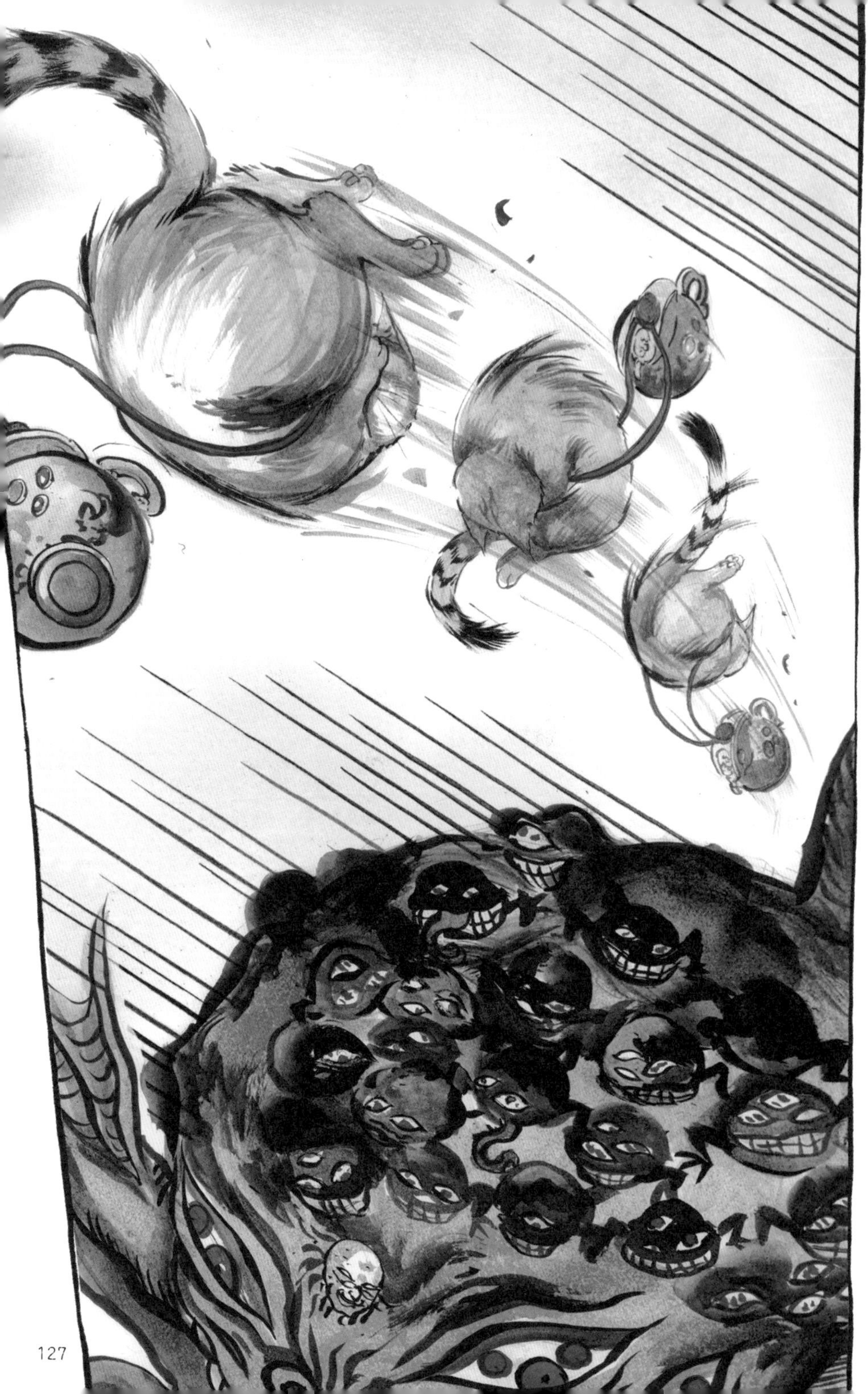

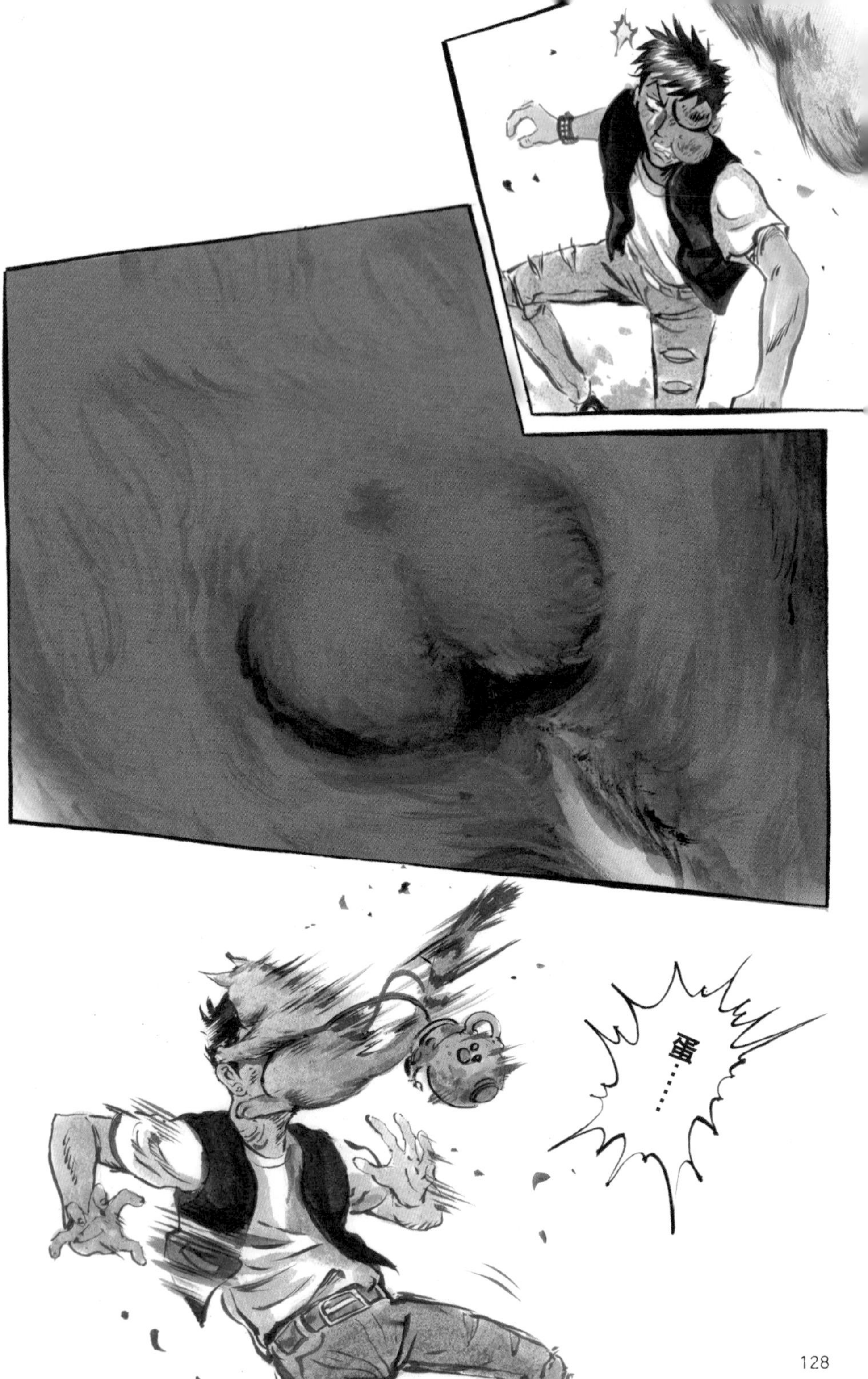
蛋……

哇啊啊！什麼東西？
布布！
這是渾沌幽體的碎片附身在其他妖怪身上！
抱歉剛剛分心了喵～
嗟嗟嗟嗟嗟！

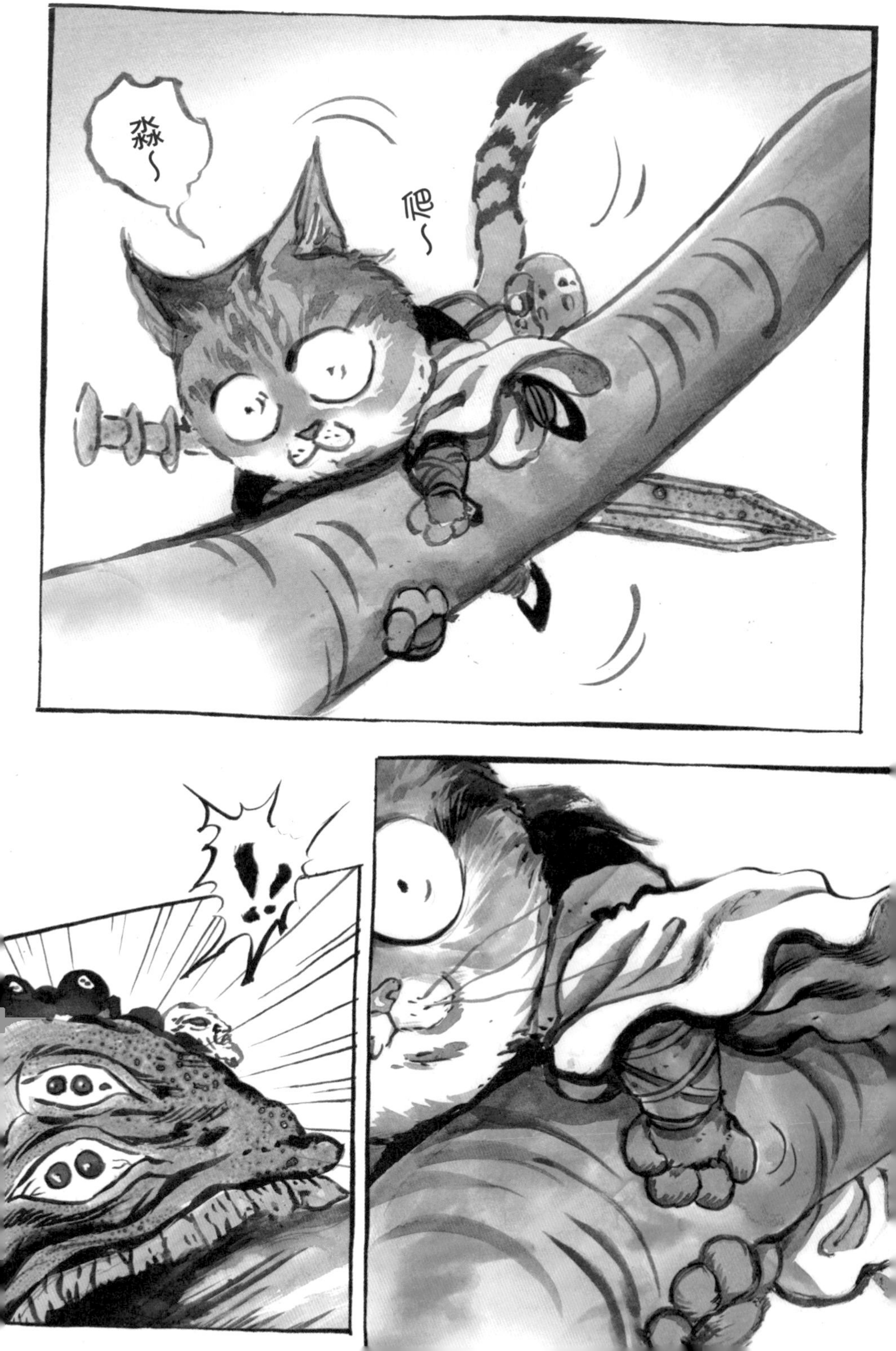
淼～
爬～

你要幹什麼？嗟嗟嗟嗟……
喵淼喵～
徵信社
淼妙～
嗚嗚……

喵苗妙妙～
嗚嗚嗚……
嗚嗚……

嗚嘔嘔……
嗯？這裡是哪裡……我怎麼？
哇啊啊……我的衣服！
糟了！剛剛吃的能量都……
討厭～

咔……
咻……
布布快點下來！不要玩舌頭!!
這樣很噁心！
好舒服喵～
盪來盪去～
淼～
對了！現在不是盪鞦韆的時候……

覺悟吧，大蟾蜍！
!!

住手，猞猁！

貓蛋蛋印在臉上的男子。

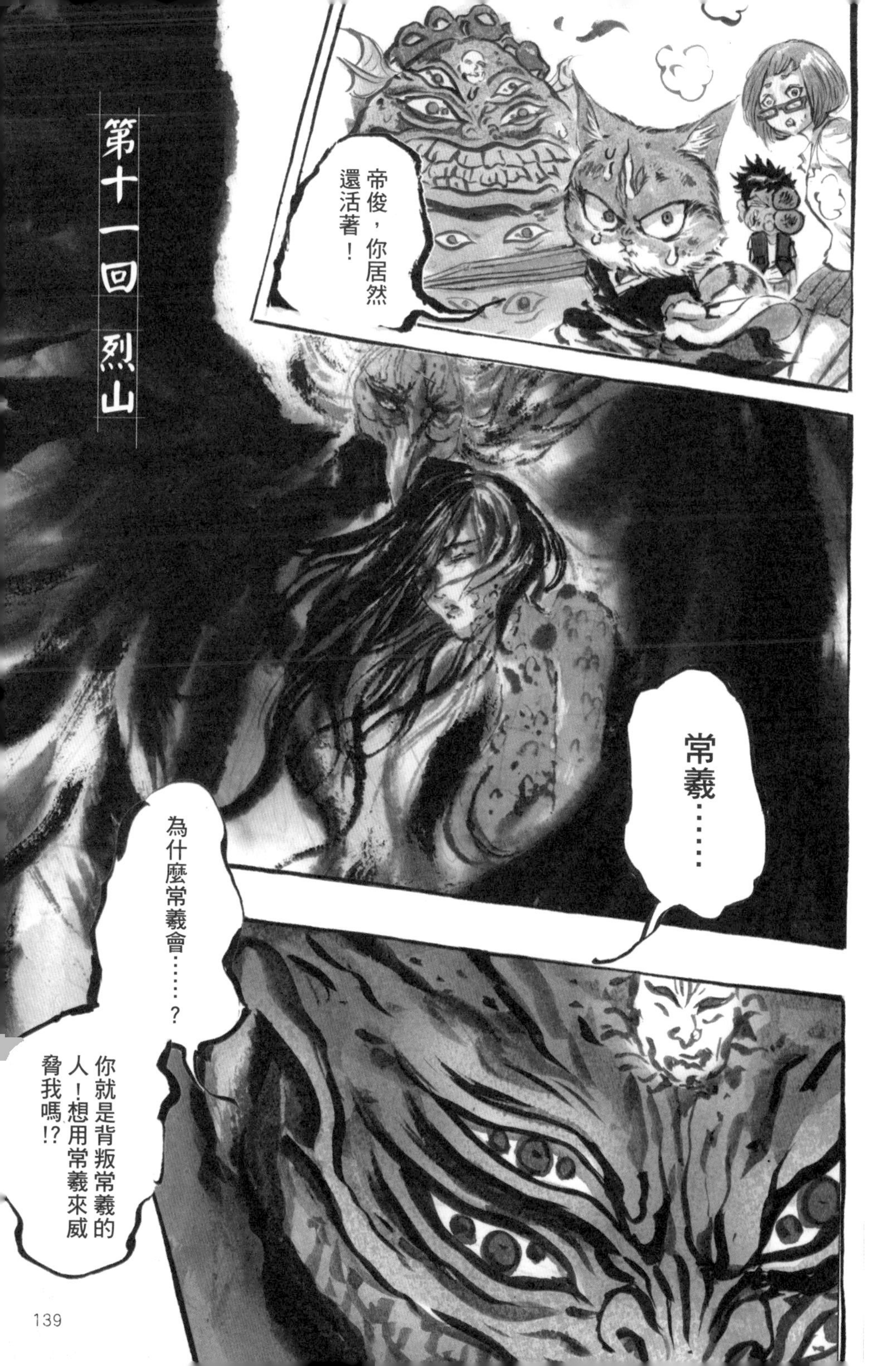
第十一回 烈山
帝俊，你居然還活著！
常羲……
為什麼常羲會……？
你就是背叛常羲的人！想用常羲來威脅我嗎!?

沒有什麼解藥能治癒常羲的毒，這全都是渾沌的陰謀！
她只是想要利用你們奪得天機而已……
天界神族全都被渾沌控制，我用僅存的神力把常羲救了出來……
但是也被妖道侵蝕成現在這樣……

常羲也將失去記憶，變成被渾沌所控制的妖魔……

就像你們一樣。

你們都曾經是人或神族，因為內心的慾望與黑暗被渾沌變成妖魔，
監禁在月亮之中，直到她找到時機利用你們。
嗟嗟嗟嗟，主宰世間，掌管生殺大權的神族，竟無法救常羲……
背叛常羲，將她關在月亮中等死的你出現在我眼前，跟我說這些……

你以為我們會相信你嗎!?
帝俊……

大家……
你們都在啊……
謝謝你們給了我那麼棒的家，你們都是我最愛的家人。

帝俊……人死了會上天國嗎？
這樣就能和你一樣變成神了……

常羲——!!
曾經沒有家，沒有名字的我們互相扶持並建立了自己的歸屬……

難道為了最珍視的人投身黑暗有錯嗎？
常羲！這一切都是為了妳啊!!

什麼為她好！
你們有問過常義嗎？
她不會希望你們
為了她而去傷害
別人！
我這麼做都是
為了妳好！
那不過是你們自己
認為而已啊！
常義……

你們在幹什麼？天機就在眼前了！你們不想讓常羲復活嗎？

天機是我的！誰也別想阻止我！

哇啊啊！泡泡？
小神靈！
救命啊！我有懼高症啊！
啊！冰淇淋！

哇啊啊啊啊啊啊！

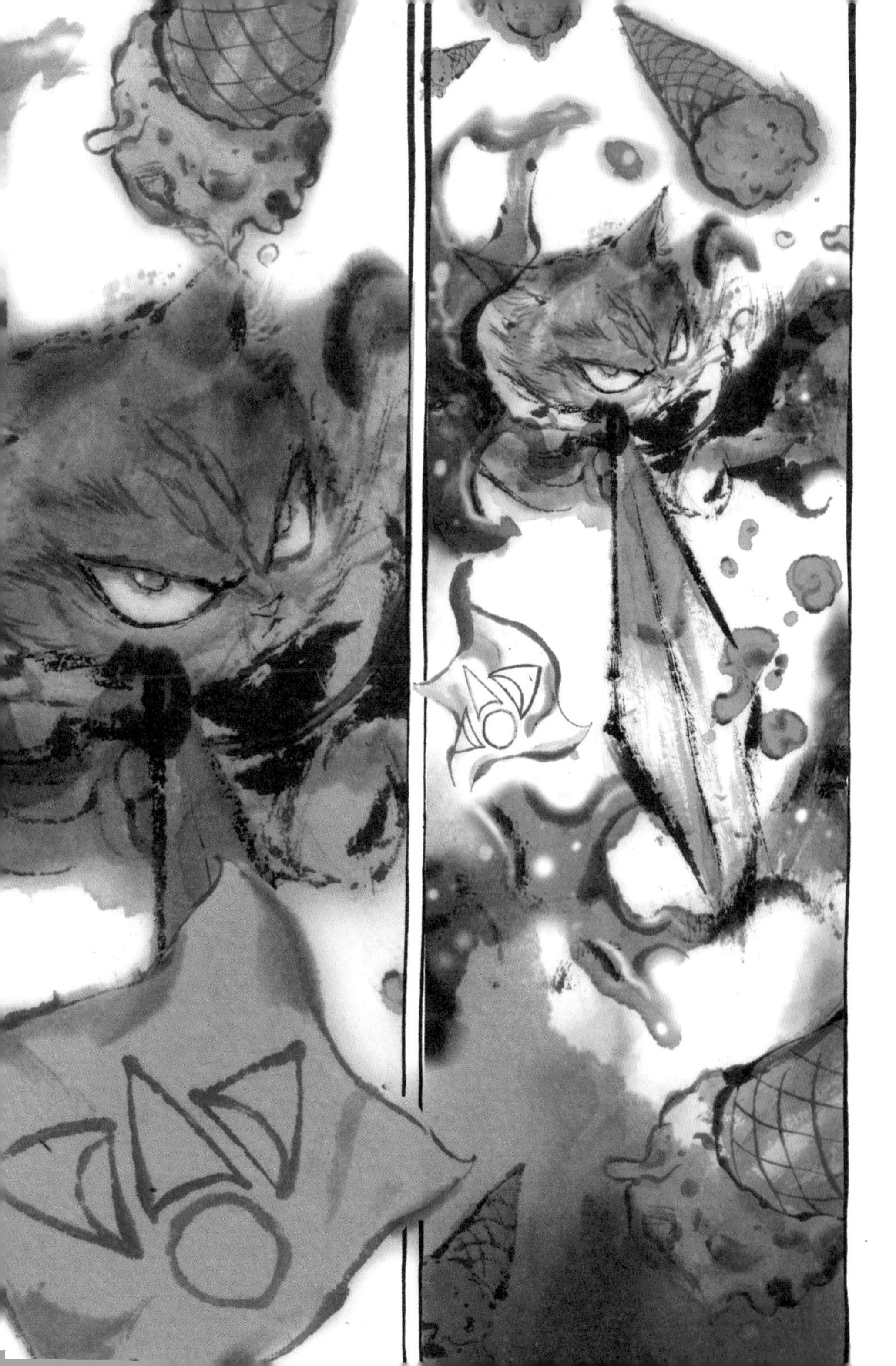

所以你在他們身上找到什麼答案？
衝一發！
你好～

我是伏魔塔的保管者猞猁，我要將四百妖魔收服並且救出被困在天庭的夏云。
……
喀~
衝一發！你有看到嗎!?貓咪竟然說話了！

臭老頭！你是在震驚什麼啦！你不是靈占嗎？
……
靈占就應該看過貓咪說話嗎！
後面有聲音!?
咯咯咯……
小偷？

＊已鹹＝雨璇

原來是神明？笨蛋還不快磕頭謝罪！
嗚……
淼～
你們接下來要去哪？
我們會帶著常羲躲到渾沌找不到的地方，現在世間已經沒有我們的容身之處了……

猞猁。
太慚愧了……我身為神族的天帝，卻因為慾望而被妖魔控制，讓愛我的人因我而死……
希望你別像我一樣做出無法挽回的決定……

渾沌依附於人心中的黑暗面，因為慾望而強大，除非斬除世人的心魔，不然很難將渾沌真正的殺死。
……
孩子，妳真的願意為了常羲被妖怪帶走？即使那樣可能會喪失性命？

你們的對話我都聽到了。
如果那樣真的能為常羲做些什麼……

如果……能讓常
羲恢復的話……

這就是擁有烈山血統之人的命運嗎？
軒轅……
下回待續

呼嚕嚕……

唔……應該是這樣用嗎？
還是這樣？
咕？
不行……貓掌根本沒辦法用掐指占卜術啊……我還以為很簡單的。
可惡……這樣下去我要什麼時候才能找到天界之鑰啊……
唔，好重的血腥味！
從那邊傳來的嗎……？

無名英雄

淼～
喝！
這是!?
嘿！
……是人類的戰爭嗎？
嗯……這是怎麼回事？
穿著黑甲的這些……是妖魔嗎？不對，這味道是人類，並不是妖魔，可是人類為什麼會變成這個樣子？

能讓人類產生這種異變……難道有人用了天界之鑰？
鏘鏘……
還有人在交戰？
健步如飛～
姓荊的！算你有本事，居然能帶著這群烏合之眾，擋下我十萬鐵甲奴大軍……
大家多年同僚一場，我敬重你的實力，只要你願意重新對吾王宣誓效忠，我可以在王的面前為你做擔保！

擔保什麼？擔保變成和你一樣的妖怪嗎？
老魏，我只恨當年沒聽老寧的話，竟沒發現太子衡早成了怪物……
哼哼，寧雙是咎由自取，聽說他還有個遺孤就在不遠的城裡……好像叫做儉是吧？
等我殺了你，就要去把那個城裡的人和寧雙的兒子，統統轉化成鐵甲奴！
休想～

!!
隱天
氣閉絕
消失了？

安息吧……老魏。
嗯……你剛剛那招很厲害啊，是怎麼辦到的？
來者何人!?又是太子衛製造的怪物嗎？
把頭低下。

你剛剛說什麼？
那個太子衡是誰？
這……
這……
這不是我送給老寧的劍嗎？難道你就是老寧的兒子儉？你也被變成怪物了嗎？
抱住～
嗚哇！老寧我對不起你啊……
蛤？

原來你和老寧的兒子儉有這層因緣啊。
※ 詳情請參照第一集外傳〈劍的故事〉
哇哈哈哈……原來如此，是我誤會了哈哈哈。
所以這把劍本來是你的？
是啊，它是古代君王夏禹的配劍，我家代代相傳的神兵……不過老寧比我會用劍，就送他了。
沒想到居然輾轉到了你手上，還救了我一命，真是世事難料啊……
你要拿回去嗎？
呵呵，說什麼傻話，寶劍贈英雄，這劍在你手上比我有用多了，我豈有收回來之理。

嗯……那就多謝了！
你說的那位公子衡又是怎麼回事？你說他會把人變成怪物？
唉……是這樣的。
這個國家有三個大將軍，分別是我（荊棄）、魏邢和寧雙（老寧）。我們三人南征北討，立下不少功績……
荊棄
魏邢
寧雙（老寧）
然而十年前，三大將之一的寧雙突然和當時的太子衡產生矛盾。
之後寧雙勸諫王罷黜太子失敗而被抄家處死。

太子衡也順利上位。
我當初也對老寧的舉動很不解，但事情實在發生得太快，我來不及阻止老寧被處死，只能盡力保住他的家小……
直到太子衡即位後，我才知道老寧為什麼要冒著被抄家滅族的危險，也要針對太子衡。
因為太子衡想把這個國家……甚至全天下的人，都變成怪物。
太子衡掌握了某種神秘的力量，可以將普通的人民轉化成戰力強大的怪物。
他們的身上會長出鎧甲，手臂會化為刀刃……完全喪失理智，變成專屬於太子衡的殺人機器。
再這樣下去，天下將會在太子衡的手中化為一片火海……

能做到這種事……不會錯，太子衡一定得到了天界之鑰，並引出天機的部分力量！
荊棄，那個太子衡在哪裡？
怎麼，你也想去找他麻煩？
他手上有我要找的東西……他在哪裡？
正好，我也要找他……一起去如何？
你也要去？聽你剛剛所說，那個太子衡已經即位為王，憑你現在剩下的人馬，根本沒辦法抵抗他。
沒錯……所以我不是以將軍的身分對抗他，
這波攻勢擋下來後，他要重整兵力，應該還需要一段時間……

所以？
所以我要和你一起去，不是以將軍的身分……而是……
刺客。

……這就是你一路殺進宮殿的起因？
因為找到一隻貓妖幫忙？你就認為自己殺得了寡人？
沒錯。
不錯的故事，但那隻貓妖呢？說到底，從你殺進來以後，我根本沒看到你說的那隻貓妖。
沒辦法，我還以為他很強，結果一開戰就嚇跑了，我只好自己殺進來了。

呵呵呵
哈哈哈～
禁衛軍沒一個攔得住你，這等戰果，在你看來只是無奈之舉？
好一個只好自己殺進來，真不愧是我國第一猛將！單槍匹馬一路殺得血流成河。
的確無奈，因為我知道不管我再怎麼能打，也就到此為止了。

沒錯……只要有這神物在，你永遠也碰不到寡人……
這神物昭示了寡人才是真正的天選之人，所有人都將在寡人面前屈膝服從，
包括你……荊棄，我始終抓你不著，今日你卻自己送上門來，真是好極了……
今日，你將成為寡人爭戰天下的第一强將！

隱天氣閉絕
對了，你不是問我怎麼殺了魏邢的嗎？
我家祖上是刺客，這神靈之力便是從那時傳下來的獨特法門，
只要使用，在短時間內，就像是從世上消失一般。
但這招有個破綻，只要一露出殺氣，就會瞬間現形……要是對方反應夠快……

在那裡！
交給……你了。

慾念深重之人啊……天機不是你可以掌握的東西。
不！這不可能……不——

荊棄……
荊棄……振作點。
啊……是你啊，我們成功了嗎？
成功了，天機的影響消退了……只是天界之鑰又消失了。看來我的旅程還沒結束。
這樣啊……既然這樣的話……

這個神靈就送你吧……反正我也用不著了……
謝謝。
是我要謝謝你才對……
去吧，我已經完成了我的使命，現在換你了……

荊棄的國家，在這之後，就被另一個強大的鄰國給吞併了……

在歷史上甚至沒有留下任何痕跡，沒有人知道……曾經有一位

這樣的英雄，和一隻貓一起，挽救了許許多多人的性命……而

猞猁的旅程，也將繼續下去……

我叫桔子，是南天門守護神天狗的戰士。

FUN系列034

貓劍客

卷二

作　者─葉羽桐
主　編─陳信宏
責任編輯─王瓊苹
責任企畫─曾俊凱
內頁排版─孫彩玉
完稿美編─執筆者企業社
董事長─趙政岷
總經理
總編輯─李采洪
出版者─時報文化出版企業股份有限公司
一〇八〇三　臺北市和平西路三段二四〇號三樓
發行專線─（〇二）二三〇六六八四二
讀者服務專線─（〇八〇〇）二三一七〇五・（〇二）二三〇四七一〇三
讀者服務傳真─（〇二）二三〇四六八五八
郵　撥─一九三四四七二四　時報文化出版公司
信　箱─臺北郵政七九～九九信箱
時報悅讀網─http://www.readingtimes.com.tw
電子郵件信箱─newlife@readingtimes.com.tw
時報出版愛讀者粉絲團─http://www.facebook.com/readingtimes.2
法律顧問─理律法律事務所　陳長文律師、李念祖律師
印　刷─詠豐印刷有限公司
初版一刷─二〇一七年四月十四日
定　價─新台幣三二〇元
（缺頁或破損的書，請寄回更換）

時報文化出版公司成立於一九七五年，
並於一九九九年股票上櫃公開發行，於二〇〇八年脫離中時集團非屬旺中，
以「尊重智慧與創意的文化事業」為信念。

國家圖書館出版品預行編目(CIP)資料

貓劍客 2 / 葉羽桐著. -- 初版. -- 臺北市 : 時報文化,
2017.4-　冊；　公分
ISBN 978-957-13-6946-4 (第 2 冊 : 平裝)

857.7

105017333

《貓劍客》（葉羽桐/著）之內容同步於
LINE WEBTOON線上連載。
（http://www.webtoons.com/）@葉羽桐

ISBN 978-957-13-6946-4
Printed in Taiwan